Henri de Régnier

Le Bosquet

de Psyché

. BRUXELLES
PAUL LACOMBLEZ
Éditeur
31, rue des Paroissiens, 31

MDCCCXCIV

LE BOSQUET DE PSYCHÉ

Il a été tiré de ce volume 250 exemplaires,
tous numérotés.

Nº 

Henri de Régnier

Le Bosquet

de Psyché

BRUXELLES

PAUL LACOMBLEZ

Éditeur

31, rue des Paroissiens, 31

MDCCCXCIV

A Emile Verhaeren.

CERCLE ARTISTIQUE ET LITTÉRAIRE DE
BRUXELLES :

Le Vendredi 16 Février 1894.

LA LIBRE ESTHÉTIQUE :

Le Mardi 20 Février 1894.

SOCIÉTÉ D'ÉMULATION DE LIÉGE :

Le Mercredi 21 Février 1894.

Mesdames, Messieurs,

Un vieil usage d'académie propose au sur-
venant le soin de louer son prédécesseur. Cela
n'est point toujours facile, dit-on, car les choix
de l'illustre compagnie sont souvent peu ju-
dicieux et l'assemblée ou l'assemblage qu'elle
compose n'est pas sans quelque disparate,
mais cela se fond et s'équilibre en une hon-
nête décence. Les sorties y passeraient assez
inaperçues sans l'entrée qu'elles y provoquent.
Ce sont deux façons souvent de n'être plus
rien mais on préfère la seconde qui aide au
moins à se croire quelque chose. Cela dis-

pense d'être quelqu'un, car il faut constater qu'en ces immortalités provisoires dont se pourvoient réciproquement d'aimables vieillards la littérature entre pour peu de chose.

Dans les raisons qui déterminent le recrutement, au scrutin secret, de ces titulaires de l'au-delà, la politesse mondaine, la situation politique, professionnelle ou scientifique, la naissance même, ont, le plus souvent, la meilleure part.

L'Art est donc, en cette matière subordonné presqu'à tout le reste; de même dans la vie où la plupart des vivants ne lui concèdent d'autre valeur et d'autre place que celles que lui donnent l'oisiveté ou la condescendance; il y a une tendance à le considérer comme un peu moins qu'une distraction et un peu plus qu'une manie; on le goûte et on s'en garde et la curiosité qu'on en peut avoir a pour contrepoids la défiance dont on s'en précautionne.

Pour certains hommes, au contraire, l'Art est tout. On dirait qu'ils veulent compenser par le culte qu'ils lui rendent l'indifférence qu'on a pour lui. Il y a à cela je ne sais quoi d'expiatoire. Ils sont comme les humbles et royales auberges d'un Noël permanent, et ils conservent à jamais, de cette épiphanie, une posture de méditation et d'orgueil. Ils ne s'apparentent plus à ce qui les entoure et le monde n'a plus pour eux la raison d'être usuelle qu'il a pour chacun. Un prestige a eu lieu. Ils ont passé le fleuve et ne savent plus les chemins et on les a vus marcher, un soir, car quelqu'un dit, en des vers célèbres, l'attitude de leur voyage :

Toujours ils avançaient sans rencontrer la Mer ;
Ils voyageaient sans pain, sans bâtons et sans urnes
Mordant au citron d'or de l'idéal amer !

Mais je sais aussi leur retour et les voici. Où donc sont-ils parvenus ? D'où viennent-ils ? car j'entends tinter à leurs mains des clefs fatidiques. Ils ont ouvert les portes de la solitude et du songe ; leur pas a foulé les dalles disjointes où poussent les fleurs du silence ; ils les ont cueillies pour en exprimer le philtre dans la coupe que leur tendit, au seuil du jardin, debout et radieuse, avec ses ailes pâles et son sourire, l'éternelle, la pure, la mystérieuse Psyché !

Mesdames, Messieurs,

Ce n'est point ici une académie et il ne s'agit de l'éloge de personne d'autre que l'Art éternel.

Ce n'est pas ici une académie et le choix que vous faites chaque année de quelqu'un pour parler une heure parmi vous prouve, par ceux que vous y avez parfois conviés, un soin à ne vous pas régler par les raisons où l'on s'en tient ailleurs. C'est moins une vaine renommée ou une convenance qui guide vos choix qu'une sympathie bienveillante envers quelques hommes que vous sentez tant soit peu en dehors des préoccupations ordinaires et voués, dans la mesure de leur pouvoir et à la taille de leur infirmité, au pur culte de l'Art. Les uns y sont maîtres, les autres de plus humbles servants, mais vous accueillez en eux un même souci, celui du beau. C'est en ce sentiment qu'on s'unit le mieux car, étant l'amour, il en a la contagion sacrée. C'est donc de l'Art que je vous parlerai, de la place qu'il lui faut donner dans nos pensées. Quand Psyché eut éveillé l'Amour d'une goutte d'huile qui tomba de sa lampe nocturne, il s'enfuit ; elle pleura toute la nuit et s'endormit à son tour ; elle dort en nous, elle dort souvent, mais elle s'éveillerait si nous lui présentions des fleurs et il faut savoir les choisir.

J'ai eu, à cette place même, d'illustres ou gracieux prédécesseurs et leur éloge aussi eût été un noble sujet, fait pour tenter celui qui, aujourd'hui, humblement ou amicalement, leur succède. Son inexpérience n'a point à vos yeux les prérogatives du génie ou la sauvegarde de l'esprit, mais votre indulgence compensera le désavantage où il se trouve et votre attention sera l'interprète de ses intentions.

Parmi ceux qui eurent l'occasion de parler

ici devant vous, vous vous souvenez entre tous de Stéphane Mallarmé et de Paul Verlaine.

Le grand poëte de « Sagesse » vous a lu sans doute quelques-uns de ses plus beaux vers; peut-être vous a-t-il raconté quelques épisodes de sa vie; elle fut toujours, à travers des fortunes diverses, celle d'un vrai poëte; le sort lui fut impitoyable; il y a dans certaines destinées des acharnements mystérieux. La sienne surenchérit sur les rigueurs ordinaires. Toutes les Fées durent, comme dans le vieux conte, accourir au chevet de son berceau, mais, au contraire de la légende, toutes lui furent marâtres, à l'exception de la Fée Poésie.

Vous avez vu ici cet homme incomparable et unique; cette verve fine et simple et rude; cette humeur qui, au moindre répit, à la moindre éclaircie, redevient presque de la bonne humeur. Vous en avez goûté le charme moral et souriant, en même temps que vous avez admiré ce rare génie, clair, délicat, rus-

tique et galant, tendre et douloureux, litur-
gique et hardi. Et ses vers! Ce vers souple
qui gazouille en ruisseau, s'alanguit en fleuve,
à la fois fugitif et grave, et au bout duquel la
rime inattendue sonne comme de lointaines,
de gaies, de mélancoliques cloches d'Angelus!

Ah! Paul Verlaine, vous êtes vraiment
venu dans la vie comme ce Gaspard Hau-
ser à qui vous fîtes chanter de si douces
strophes, un peu aussi comme ce Claude dont
parle Francis Viélé-Griffin dans son poëme
de Yeldis et qu'il nomme parmi tes compa-
gnons de la romanesque chevauchée :

> Nous venions là comme des pèlerins,
> Philarque et moi et Luc et Martial
> — L'un grave, l'autre hautain —
> Et Claude avec sa petite viole
> Qui (disait-il) console...

Puisse-t-il aussi être consolé, le pauvre Lé-
lian, c'est ainsi qu'il s'est désigné lui-même
parmi les Poëtes Maudits dont il tressa les
fraternelles couronnes d'épines ; parmi ceux-
là il y en avait un qui fut presque un roi, car

il porta le sceptre de roseaux et la pourpre
divine et dérisoire :

Ce fut Villiers de l'Isle-Adam

De celui-là, Stéphane Mallarmé vous parla,
un soir, en termes admirables et profonds. Le
grand poëte et le grand prosateur étant à
hauteur d'âmes, l'amitié et l'admiration les
unissaient et l'un vint nous révéler le magni-
fique souvenir qu'il avait gardé de l'autre. La
mort ajoute une gravité au destin et les pa-
roles qui racontent quelqu'un qui n'est plus
empruntent à l'au-delà le timbre funèbre et
fatidique de leur écho. L'éloquence de Stéphane Mallarmé s'empreignit de cette circon-
stance et ce qui, en d'autres occasions, eût été
le plus disert des éloges se haussa presque à
de sacerdotales beautés de panégyrique. Ce
fut aussi un portrait; les traits en restent dé-
finitifs et l'orateur façonna devant vous, en
statue, la grande ombre qu'il évoquait.

Ombre romantique et seigneuriale de celui
à qui manquèrent les pavois! ombre fastueuse
de tout l'or dont elle soupesa la cendre, elle

revécut à jamais par la magie exaltatrice de cette parole et on le vit tout entier, lui, Villiers, en ce prodigieux portrait hautain.

L'apparition évanouie dans le silence, on eut l'impression qu'il restait, désormais, sur le tombeau de cette grande mémoire un bloc de marbre pieux. C'est au temps d'y apporter la palme réparatrice, car le vivant glorieux l'indiqua de son geste prédestiné.

M. Maurice Barrès succéda aussi à la verve de Paul Verlaine et à la haute doctrine de Stéphane Mallarmé ; avec lui vous entendîtes ce que la sophistique a de plus ingénieux, ce que l'ironie moderne a de plus didactiquement élégant : j'espère aussi que vous voudrez bien joindre à ce triple souvenir touchant, admirable ou gracieux, celui que vous laissera ma présence.

Le proverbial accueil que vous faites à vos invités d'un soir m'a encouragé à venir parmi vous. Il est un des plaisirs du voyage qui en a d'autres encore, car les deux terres de Belgique et de France sont si liées, si assorties

d'esprit et de goût qu'il y a entre elles une
véritable parenté artistique. Elles se complè-
tent et, affiliées à de mêmes rêves, elles se
traduisent chacune selon son génie propre.
Tantôt l'une anticipe, quelquefois l'autre pré-
cède. Nos peintres sont bienvenus chez vous,
nos musiciens y sont joués, nos écrivains y
sont lus et il s'est même trouvé que votre
indépendance d'esprit eut pour eux des soins
et des caresses que leur refusaient la terre
natale. Nous avons rendu aux vôtres ce que
vous nous donnâtes. C'est Paris qui applau-
dit le premier Maurice Maeterlinck et c'est
là aussi que vécut et mourut, chef vénéré de
la jeune école de musique française, l'illustre
maître César Franck.

Outre le plaisir de retrouver ici des esprits
congénères et fraternels, il y a en moi un goût
secret pour cette terre des Flandres et de
Wallonie. Terre vivace et ingénieuse, ses
fleuves lents vont vers des mers pâles. Les
grands paysages calmes et pacifiques nour-
rissent des villes florissantes et populeuses,

dont la vie présente a le grand charme de se mêler au passé. Les temps y juxtaposent les vestiges de leur durée; les vieilles pierres conservent le sens des époques disparues et nulle terre n'est plus riche que la vôtre en monuments significatifs. Dans la plus bruyante ou la plus active de ces villes, la part du passé subsiste.

La vie a parfois besoin de s'isoler pour rêver. Il faut des rues où pousse un peu d'herbe entre les pavés; il faut des murs qu'on puisse longer; il faut, sur la place ensoleillée, l'ombre d'anciens toits; c'est là qu'on se repose de vivre dans l'aspect que tout prend d'avoir vécu et il faut peu de chose pour produire ces sortes d'enchantements : quelque antique façade à l'angle d'un canal, un clocher, l'heure qui, au lieu de se compter, brusque et péremptoire, papillonne en carillons.

Notre rêve s'aide du rêve inconscient des choses; les vieilles choses propagent du rêve; elles filtrent le temps en songe et le temps s'égoutte d'elles comme à de mystérieuses